MW00881097

Tres chivos testarudos

Primeros cuentos

texto de Wendy Boase
ilustraciones de Carolyn Bull
traducción de María Puncel

ALFAGUARA
INFANTIL
SANTILLANA

Érase una vez tres chivos que se llamaban Testarudo. El menor era un Testarudo bastante pequeño.
El mediano era un Testarudo bastante grande y el mayor era un Testarudo enorme.

Los tres chivos Testarudo vivían en un
hermoso valle al pie de una altísima
montaña.
En la primavera comían florecillas doradas y
hierba tierna, pero nunca tenían bastante
comida para ponerse gordos.

Los tres chivos sabían que en la ladera
de la montaña crecía mucha hierba,
tierna y sabrosa.

—Cruzaremos el río y subiremos a la
montaña —dijo un día Testarudo
enorme—. Tenemos que ponernos gordos.
Testarudo mediano y Testarudo
pequeño empezaron a temblar. ¡Para subir
a la montaña había que cruzar el puente!

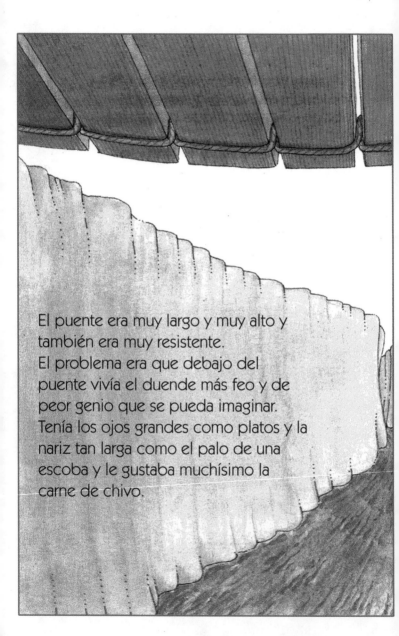

El puente era muy largo y muy alto y también era muy resistente.
El problema era que debajo del puente vivía el duende más feo y de peor genio que se pueda imaginar.
Tenía los ojos grandes como platos y la nariz tan larga como el palo de una escoba y le gustaba muchísimo la carne de chivo.

El chivo pequeño fue el primero en cruzar el puente. Plic-plac, plic-plac, plic-plac, sonaban sus pezuñas sobre los maderos.
El duende asomó la cabeza.
—¿Quién hace plic-plac, plic-plac, sobre mi puente? —preguntó.

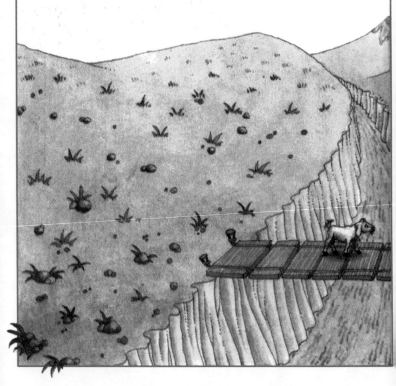

El chivo pequeño dijo:
—Soy yo, Testarudo pequeño.
Subo a la montaña
para ponerme gordo.

—¡Nada de eso! —dijo el duende—. Voy a comerte.

—Tengo poca carne —dijo el chivo pequeño—. Deberías esperar a Testarudo mediano. Es bastante más grande que yo.

—Bueno, pasa —dijo el duende.
Y pasito a pasito, plic-plac, plic-plac,
Testarudo pequeño cruzó el puente y
se puso a salvo al otro lado.

Un momento después, Testarudo
mediano empezó a cruzar el puente.
Tric-trac, tric-trac, tric-trac, sonaban sus
pezuñas sobre los maderos.
El duende asomó la cabeza.
—¿Quién hace **tric-trac, tric-trac** sobre
mi puente? —preguntó.

El chivo mediano dijo:
—Soy yo, Testarudo mediano. Subo a la montaña para ponerme gordo.

—¡Nada de eso! —dijo el duende—. Voy a comerte.

—No tengo mucha carne —dijo el chivo mediano—. Deberías esperar a Testarudo enorme. Es muchísimo más grande que yo.

—Bueno, pasa —dijo el duende.
Y paso a paso, **tric-trac, tric-trac,**
Testarudo mediano cruzó el puente y
se puso a salvo al otro lado.

Y entonces empezó a cruzar el chivo mayor. Era un Testarudo verdaderamente enorme.

Cuando caminaba hacía retemblar el
suelo. Tenía una espesa barba peluda
y dos cuernos retorcidos en el testuz.
**Tramp-tromp, tramp-tromp,
tramp-tromp,** sonaban sus pezuñas
sobre los maderos. El puente crujía y se
tambaleaba.

El duende asomó la cabeza.

—¿Quién hace **tramp-tromp, tramp-tromp** sobre mi puente? —preguntó.

El chivo mayor contestó:

—Soy yo, Testarudo enorme. Subo a la montaña para ponerme gordo.

—¡Nada de eso! —dijo el duende—. Voy a comerte.

—Muy bien, sube al puente entonces
—dijo el chivo enorme.
El duende lo pensó un poco. Este
Testarudo era verdaderamente
grandísimo. Por fin, el duende se
decidió. De un brinco se encaramó
sobre el puente y miró a Testarudo
frente a frente.

Y de repente, Testarudo enorme bajó la cabeza y embistió. El duende recibió un testarazo tan terrible que salió volando por los aires. Durante un momento se pudo ver que sus dos ojos grandes como platos y su nariz larga como el palo de una escoba subían y subían hacia las nubes. Al momento siguiente, el duende había desaparecido.

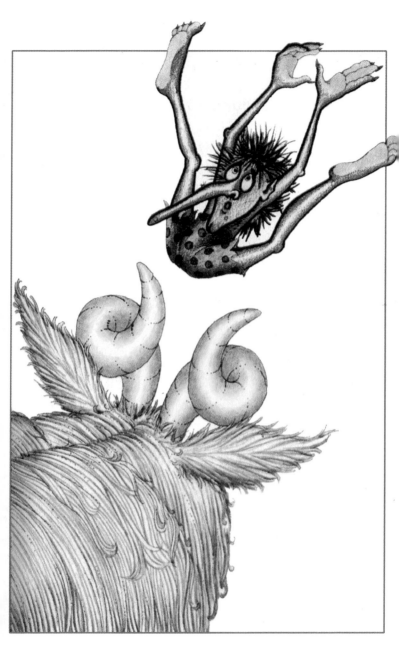

Tramp-tromp, tramp-tromp, tramp-tromp...

Testarudo enorme acabó de cruzar el puente y se reunió con sus hermanos. Los tres comieron y comieron y comieron hasta que se pusieron tan gordos que casi no podían moverse. Y desde entonces los tres chivos Testarudo viven contentos y felices en la verde ladera de la montaña.

Original title: *Billy Goats Gruff*
First published, 1983 by Walker Books Ltd.
First published in Spanish, 1985 by Altea

©2000, 1994 by Santillana USA Publishing Company, Inc.
2105 N.W. 86th Avenue, Miami, FL 33122

Printed in the United States of America

ISBN: 1-56014-457-2